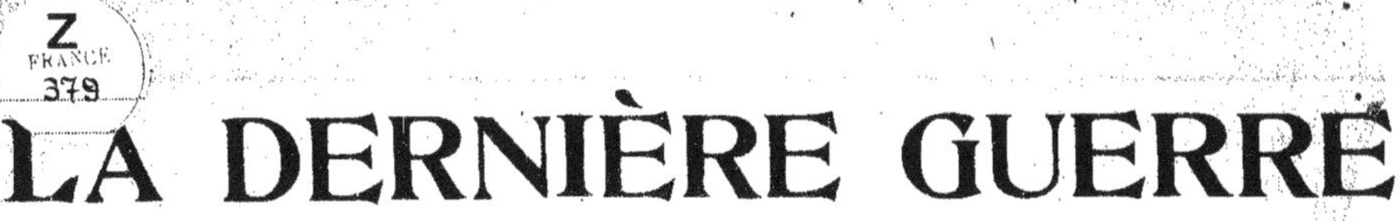

LA DERNIÈRE GUERRE

20 Dessins par HERMANN-PAUL

Préface d'ANATOLE FRANCE

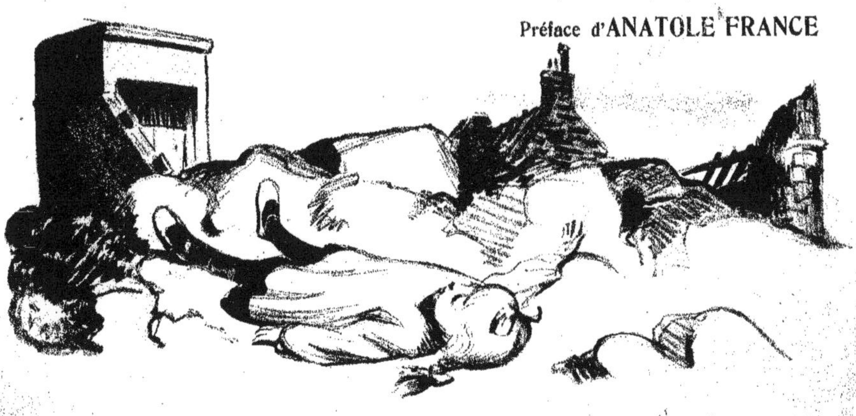

DORBON-AINÉ, Éditeur, 19, Boulevard Haussmann — PARIS — 1915

LA DERNIÈRE GUERRE

20 Dessins par HERMANN=PAUL

Préface d'ANATOLE FRANCE

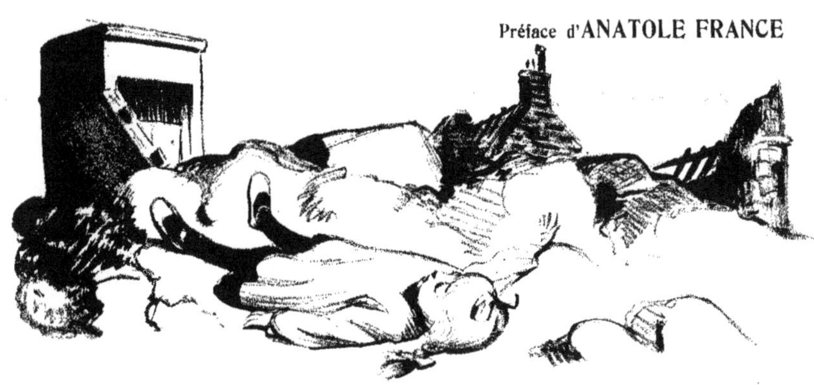

DORBON-AINÉ, Éditeur, 19, Boulevard Haussmann — PARIS —

J'ai toujours beaucoup admiré votre esprit incisif et profond, votre crayon puissant et sincère, mon cher Hermann-Paul. Votre talent redoutable, dirigé par un esprit honnête, s'est toujours mis au service des justes causes. Dans ce recueil de vingt dessins, vous honorez nos soldats si simples et si braves et qui se battent d'autant mieux qu'ils savent pourquoi ils se battent et vous flétrissez d'un crayon vraiment terrible les crimes des Allemands, incendies, viols, trahisons, meurtres, cruautés sadiques. Qu'elle est tragique et belle, votre dernière planche où l'on voit l'enfant aux mains coupées portant l'épée vengeresse !

LA DERNIÈRE GUERRE, oh ! le beau titre ! Et que ce titre exprime bien l'esprit de l'œuvre et fait bien voir que c'est par bonté, par humanité que vous êtes cruel au crime et que vous poursuivez le mal d'une haine inextinguible. LA DERNIÈRE GUERRE ! L'on veut croire, généreux Hermann-Paul, à la vérité de ce cri prophétique.

A cette guerre, qu'ils ont voulu, pour leur perte, les Allemands ont successivement imprimé des formes diverses mais toujours horribles ; d'abord, la forme en trombe, en typhon dans un pays qui ne les combattait pas et que les droits les plus sacrés devaient défendre contre leurs violences, et le typhon s'arrêta à la Marne. Ce fut ensuite la forme souterraine et métallurgique, puis la forme chimique. Et l'on doute, quand on les connait si, à cette forme chimique, ils ne feront pas succéder la forme bactériologique, si après la lutte des gaz délétères et des liquides enflammés, ils n'introduiront pas la lutte des tubes de culture, et s'il ne faudra pas enfin créer, dans chaque pays allié, un ministère des sérums.

Voilà le fruit de leur savoir ! Notre bon Rabelais a eu bien raison de dire : « Science sans conscience est la perte de l'âme. »

Jusque là, jusqu'à eux, la guerre atroce, épouvantable, la guerre détestée des mères, gardait encore, parmi les nations formées des débris de l'Empire Romain, un visage d'homme, quelque chose qui, dans son horreur, rappelait pourtant le Grec ingénieux et le rude Latin qui en avaient déterminé les formes. Mais voici que les Allemands en font un monstre tellement hideux que l'humanité toute entière s'empresse pour l'étouffer. L'Allemagne a voulu tuer la paix et maintenant c'est la guerre qu'elle tue sans le vouloir. Elle l'a faite trop horrible.

Périsse donc la guerre par notre victoire, cher Hermann-Paul, et que votre prophétie s'accomplisse !

ANATOLE FRANCE.

— C'EST PAS COMME EN 70, MON VIEUX BOCHE : ON SAIT POURQUOI ON SE BAT !

— Y A PAS DE QUOI PLEURER...!

CULTURE GERMANIQUE

LA BÊTE PRISONNIÈRE

LE BLESSÉ

— QU'EST-CE QU'IL A ?

— PAS GRAND'CHOSE : 2 FRANCS ET UNE MONTRE EN NICKEL...!

LA BOMBE DANS L'HOPITAL

« FUROR TEUTONICUS » A L'ASSAUT

LA PROTECTION DES FAIBLES

LE REPOS DE L'INTELLECTUEL

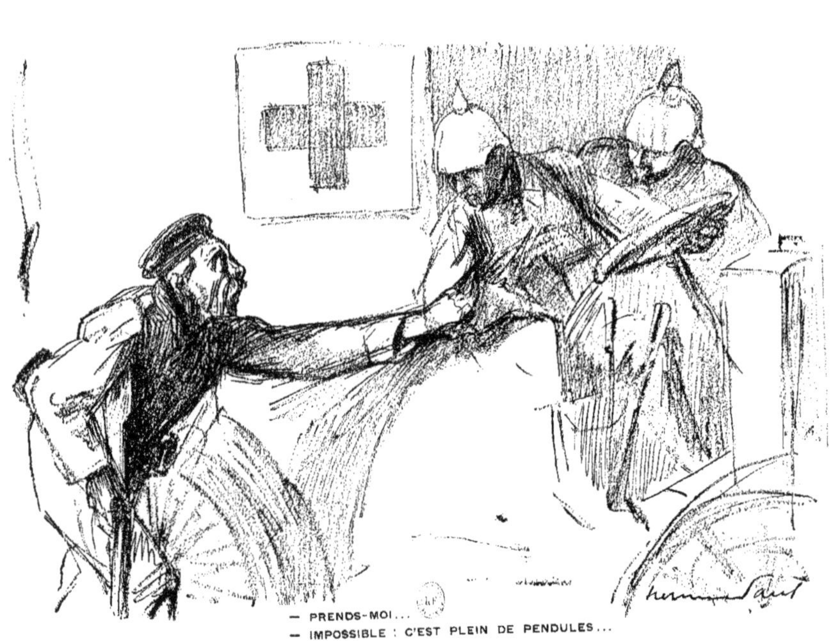

— PRENDS-MOI...
— IMPOSSIBLE : C'EST PLEIN DE PENDULES...

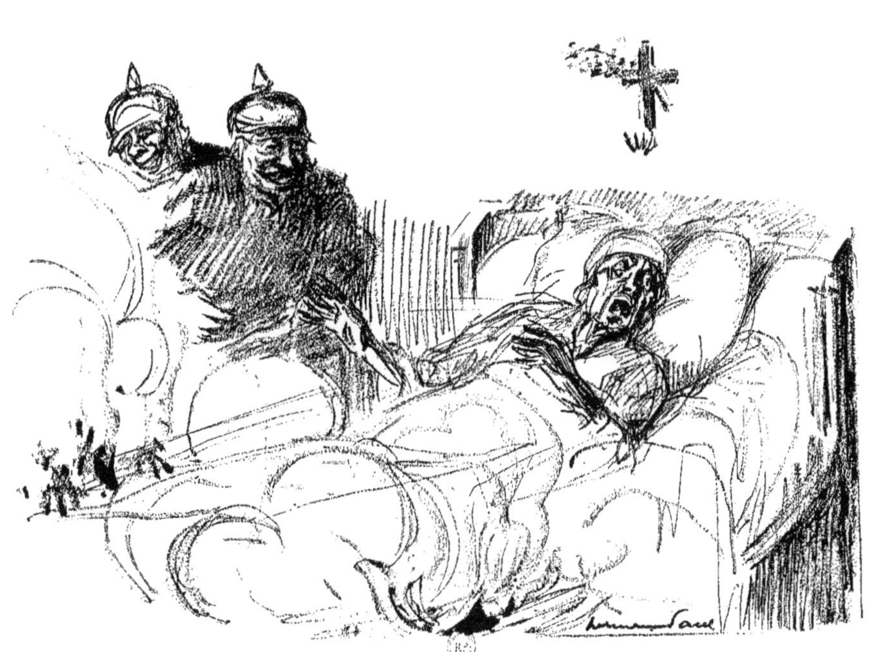

LES INCENDIAIRES

JEU DE PRINCE

L'ACHÈVEMENT DES BLESSÉS

CROSSE EN L'AIR

PAS DE PARADE

RÉCRÉATION

— QU'EST-CE QUE TU FAIS ?

— JE REGARDE CEUX QUI REMUENT ENCORE.

LE SERVICE DE LA CROIX-ROUGE

EMBALLE TOUT : ON TRIERA A LA MAISON !

VENGEANCE !

Estampes d'Art sur la Guerre

BOIS TAILLÉS AU CANIF ET COLORIÉS

par HERMANN-PAUL

LES QUATRE SAISONS DE LA KULTUR

Album composé d'une couverture et de 4 planches, in-folio oblong, tiré à 300 exemplaires numérotés, dont 250 sur papier vélin à . . . . Fr. 25 »
40 sur papier de Hollande Van Gelder, à . . . . » 50 »
10 — — — avec une seconde suite en noir sur Japon à la forme, à . . . » 100 »

LE DÉPART DE TIPPERARY

Planche in-folio oblong, en couleurs, tirée à 250 exemplaires sur vélin à . . . . . . Fr. 5 »
plus 40 exemplaires sur Hollande, à . . . . » 10 »
et 10, en noir, sur Japon à . . . . » 15 »

LE DÉPART POUR LE FRONT

Planche in-folio oblong, en couleurs, tirée à 300 exemplaires sur vélin à . . . . . . Fr. 5 »
plus 25 exemplaires sur Japon avant lettre à . . . . » 10 »

N.-B. — Toutes les épreuves sont numérotées et signées par l'artiste

BAYONNE
IMPRIMERIE A. FOLTZER
9, RUE JACQUES-LAFFITTE
—
1915

www.ingramcontent.com/pod-product-compliance
Ingram Content Group UK Ltd.
Pitfield, Milton Keynes, MK11 3LW, UK
UKHW021032220726
13924UKWH00001B/271

9 782019 228194